KB062127

내 안으로 그대 속으로

시작시인선 0385 내 안으로 그대 속으로

1판 1쇄 펴낸날 2021년 7월 23일
지은이 김민서
펴낸이 이재무
책임편집 박은정
편집디자인 민성돈, 장덕진
펴낸곳 (주)천년의시작
등록번호 제301-2012-033호
등록일자 2006년 1월 10일
주소 (03132) 서울시 종로구 삼일대로32길 36 운현신화타워 502호
전화 02-723-8668
팩스 02-723-8630
홈페이지 www.poempoem.com
이메일 poemsijak@hanmail.net

ISBN 978-89-6021-570-2 04810
978-89-6021-069-1 04810(세트)

값 10,000원

내 안으로 그대 속으로

김민서

천년의 시작

시인의 말

삶은 시를 외면했다
그러나 시는 삶을 끈질기게 견인했다
외면과 견인 사이 그리고
생의 변곡점에 마침표를 찍는다

차 례

제2부

해 설

제1부

울타리

어떤 이는 나를 보고 목련 같다 했다

어떤 이는 잠자리 날개 같다 했다

또 어떤 이는 나를 보고
배추 속잎 같다 했다

저 말의 울타리에 갇혀 살았다

우산을 들고도

발치에 강이 깊은데
돌미나리 타들어 간다

흐르는 물소리가 고문이었을
뿌리가 가려던 곳은 어디였을까

헝클어진 집착의 뿌리들 걷어 내고 맨드라미를 모종한다

날 선 호미를 곁에 두고
눈인사도 없이 어긋나는
미나리와 맨드라미

뿌리를 버리고 자유를 얻을까
색을 입고 생을 얻을까

토란은 우산을 펴 비를 부르고
생이가래 개구리밥 살갑게 모여드는데
우산을 들고도
수초처럼 젖어 흔들린다

>

언제부터였을까
우산이 새기 시작한 것은

목숨을 다했어도
버릴 수 없는 우산을 들고
그대라는 강가에서 나는
맨드라미의 붉은 이마처럼
뜨거운 혀처럼

첼로와 설렁탕

첼로 연주를 보고 나와 설렁탕을 먹는다
국수발에 엉긴 밥알들이 출렁이는 악보 같다

콘서트홀 가득 사계가 흐르는 동안
허기는 위장을 연주하며 불협화음을 냈다

오선지 밖에서 삶을 연주해야 하는 날들은 길었다

경매 날짜를 받아 놓고
성애 소설을 읽었지만
읽어야 했지만
준비서면을 쓰면서 노래를 부를 수는 없었다

첼로와 설렁탕의 거리
좀처럼 조율되지 않는 이 거리에서
부르다 만 노래를
나는 마저 부를 수 있을까

오늘도 비루한 악기는
제멋대로 악보를 편곡하고 있다

>

아름다움이란 얼마나 사람을 지치게 하는가

질기디질긴 창자를 지닌
마른 동물의 노래를
나는 다시 부를 수 있을까

그믐달

가짓빛 밤의 이마에 돋는 은 부메랑

캄캄한 살을 비집고 나온 어둠의 흰 뼈

푸른 하늘에 구름이 새겨 놓은 눈썹 문신

배고픈 젖먹이가 한 달 내내
잇몸으로 녹여 먹다 남은
쌀과자

사냥을 위해 고양이가
벗어 놓은 얇은 발톱

오늘은
마음의 모세혈관까지
언어의 피를 보냈나 묻는
오른쪽이 열린 물음표

소나기

멀리 우렛소리 들린다

날 선 장검을 휘둘러

어둠의 등뼈를 가르는 이

누구신가

휘번쩍

두터운 허공이 찢긴다

구름의 동맥 끊기고

때죽나무 흰 피 쏟는다

슬픈 식욕

돌 속을 헤엄치는
물고기 한 마리

지질시대와 지금 여기를 잇는
모래시계의 좁은 통로를
질주해 온다

먹물로 가득 찬 머리를 가진 문어가
식욕을 자극하는 걸까?

강을 버리고 해저 깊은 곳의
분만실을 찾아가는 장어일까?
눈물로 진주를 만든다는 인어일까?

곧추선 꼬리지느러미와
날카로운 허기의 이빨로
시간의 물살을 가르는 저 힘은
날마다 진화하는 허기

나는 이제 알 것도 같다

언어의 화석으로 남은 시 속에서
썩어 가는 오기의 부레
너덜거리는 관념의 지느러미로
언어의 진창을 뒹굴다 보면

끝내 스스로의 살까지 삼켜 버린
슬픈 식욕을.

자반고등어

파도에 등을 내주고 견뎌 온 시간
백 허그를 좋아한다고 누구에게도 말하지 못했네

배 가르고
세속을 버렸네

간물에 몸을 씻고
아가미 가득
굵은 소금을 채웠네

터진 속살을 껴안는 소금의
짜디짠 포옹
싱거운 잡념들이 증발하네

혼 나간 지체는 평안할까

시린 등을
허전한 가슴으로 봉합하고
생선 가게 좌판에 누워

>

비로소 완성하는

결빙의 포옹

드라이아이스 멱목처럼 덮여 오네

건널목

속도위반 안전거리 미확보 전용차선 위반
과태료를 태운 통지서가 수시로 날아들었다
내가 보인 교통 예절은 세계 속의 내 모습이라지만
교통법규는 예절을 가르쳐 주지 않았다

나는 매일 쉬지 않고 달렸다
곳곳에 숨어 있는 감시의 눈초리
마음이 깜빡이는 교차로
수시로 건넜다

브레이크는 밟지 않았다
다만 펑크 난 타이어가
고장 난 신호등이
나를 다시 어제로 견인했다

내일로, 다시 내일로 미끄러지는 건널목
시간의 이빨에 뜯어 먹힌 거리는 아물지 않는다

푸른 몸을 버린 가랑잎은
건널목을 건너가는데

남은 달력은 살얼음 같은데

신호등이 없는 건널목
생의 변곡점에
나는 아직 계류 중이다

습기를 찾아서

바람이 회초리를 들었다
회초리는 잠을 먹고 자라지

버짐 꽃 환하게 피면
몹시 가려운 거 있지

눈을 감기에도
눈을 뜨기에도 애매한 새벽 세 시
의 식욕
그 허기의 진원 속에는
푸른 천막 펄럭이는 망명정부가 있지

등받이 없는 간이 의자에 앉아
이슬 젖은 혀가 새로이
뻣뻣하게 굳어질 즈음이면
통치자 나름의 어진 생각으로
더운 김 오르는 국물 한 사발 무뚝뚝하게 놓이지

귀퉁이 그슬리고 이 빠진
플라스틱 대접을

입국 허가증처럼 감싸 쥐고
가만히 체온을 나누는 거야
그러면 말이야
손가락 끝에서부터 스르르 한기 풀리고
영혼의 가려움증 가시는 듯도 하단 말이지
노란 현기증이 야릇하게 피어오를 때까지
소독해 보는 거야
마른버짐 피는 하루하루
몽롱하게 망명해 보는 거야

물이 되기 위하여

손등이 잠길락 말락
부용지의 물이 밥물만큼 남았다

드러난 부용정 다리가 부지깽이 같다

물병을 거꾸로 매달아도 비는 오지 않았다

오십 년 만에 찾아온 가을 가뭄에
핸들이 헛돌고 자주 그릇을 놓쳤다

떨켜가 생겼는가

석류는 익기도 전에 마르고
머리카락과 치모에 억새가 자랐다

지금은
기우제도 늦은
마중물조차 말라 가는
가문 몸의 시간

>

물이 되기 위하여

물은

더 여위어야 한다

당신이라는 책

툇마루에 반쯤 읽던 책 그대롭니다.
지난여름엔 잠자리가 와서 이만 개의 눈동자로 더듬다 가고
대숲에 술렁이던 바람, 계절 두어 장 넘기고 갔습니다.

사물을 비추는 것이 거울이듯
책은 사람을 비추는 종이 거울
모든 책의 종착은 사람, 사람의 살아 있음
삶이었습니다.

툇마루에 반쯤 읽던 당신
그대롭니다.
목차도 쪽수도 없이
내용도 두께도 알 수 없는
누군가 침 발라 마구 넘기고
밑줄과 낙서로 어지러운
행간마다 머물러
몸을 꽂아 읽어도
도무지 해독할 수 없는
가장 적극적인 독법이
씩씩한 오독이 되는

>

모든 책이 거리로 나앉았을 때

집달리와 함께 와서

영혼을 긋고 간 당신

바람의 종양

바람이
잎을 흔들며
가지를 흔들며
안녕을 물었네
나무는 떨면서 향기로웠네
흔들리면서 꽃의 시절
간단없이 건넜네

푸르름 수척해지는 가을 들머리에
거센 돌풍이 부네
파랗게 뒤집히는 이파리들
발목 뽑힌 잔뿌리들
바람을 따라가려 몸부림치네

바람이란,
부는 순간 이미 사라지는 것
상냥한 얼굴과 식은 등이 한 몸이네

수맥을 지키려 완고한 뿌리에게
내심 고마우면서도

아우성치며 신경질을 부리는
나무의 가슴은 흉흉한 사막

까치집으로 남은 악성 종양 하나
바람 스칠 때마다
전이의 꿈으로 몸서리치네

가려운 꽃

앵두꽃이 흐드러진 날
지는 꽃이 다시 피듯
온몸에 꽃이 피었다

천 마리의 벌 떼가 동시에 쏘고 갔나
향기도 없이 가렵게 피는
붉은 꽃송이들

살을 긁고
잠을 긁고
밤을 긁고

자라지 않는 손톱 대신
소금밭을 뒹굴까
사포로 문지를까

긁어서는 다다를 수 없는
가려움의 실체 앞에
긁을수록 두드러지는
꽃의 실체

>

피지 않는 생은 없다고
수시로 작렬하는 꽃잎 앞에서
세계와 나 사이에 피부가 있다는 걸 알았다

불화하는 두 세계의 모세혈관을
달음박질하는
꽃의 피가 뜨겁다

장마

비 온다
끊어질 듯 이어지고
잦아들다 격해지며

비 온다
오로지 한길로
오롯이 한마음으로

어느새 쇄골까지 차올라 넘실거리는
그리움의 벅찬 물살

철마다 장마 지고
철없이 범람하는 당신은
내 안에 가득 찬 외부

차라리
수장하라,
수문도 없이
도무지 수심을 헤아릴 길 없는
내 안으로
그대 속으로

반달의 시간

애지의 손톱 밑에
봉선화 꽃씨를 심어 놓았지

욱신욱신 생인손을 앓으면서
꽃의 인연 피어날 것 같아
불길해서 좋았지

하늘수박 넝쿨 향기의 울타리를 치자
어디론가 스며야 할 마음들 멍울져 맺혔지

모래집 같은 가슴에
바이러스처럼 번지는 꽃물
손톱 끝으로 붉은 계절이 자라네

붉은 반달을 끊어 내면
흰 반달이 나란히 뜨는
무사한 이 시간들은 차라리
병病이지

지켜지지 않는 약속보다
더 힘센 미련으로 아무런 증세도 없이
수백 년의 잠복기만 지속되는

자벌레

전셋집을 옮겨 앉을 때
꽃사과나무 한 그루 선물 받았네

볕 좋은 창가에 놓아 두니
연둣빛 혀들 수다스러워
꽃 같은 사과 달릴 날 손꼽아 기다렸네

바람은 대추나무를 건너오며 가시를 세우는데
나의 꽃사과나무,
어쩐 일인지 빛을 잃었네

짧아지는 겨울 해를 좇아 자리를 옮겨 주어도
하루가 다르게 시들어 가서
아주 죽어 버린 것은 아니겠지
가지 하나를 꺾어 보는데

물컹한 꽃사과나무 가지
온몸을 꿈틀거리며 나뒹구네

전입신고도 없이 꽃사과나무에 세 들어

살 속을 파고들었을
체액을 삼키며 탐닉했을
자벌레 한 마리

꽃사과를 낳으리라
두 개 남은 배다리마저 기꺼이 버리리라
이식을 꿈꾸던 꽃사과나무

궁금한 손가락 전지가위 아래
실패한 변종의 꿈을 재고 있네
꺾인 허리의 뜨거운 통증으로

살구와 자두 사이

시인이 말했다
왼손을 슬며시 쥐며
살구 잡소!
손바닥에 놓인 노란 살구의 피부가
보슬보슬하다

소설가가 물었다
오른손을 덥석 잡으며
자두 돼?
눈앞에 들이대는
맹랑한 자두가 새빨갛다

왼손과 오른손 사이
슬며시와 덥석 사이
느낌표와 물음표 사이
노랑과 빨강 사이

시와 소설 사이
고문과 고민 사이
소망과 욕망 사이

사랑과 사건 사이

살구와 자두가 묻고 흔드는
저 질문들 사이에서

나는
살구 먹고
자두 먹고

보리새우

전어집 수족관에
재봉사 가족이 이사 왔다

남쪽 바다 해안선을 꿰매던
가느다란 물빛 바늘 열 개가
이삿짐의 전부다

비릿한 바다를 흘리며 도착한
보리새우 일가족에게
휴식은 성가신 부담
찢기고 구멍 난 세상을 깁고 누빈다
천의무봉 투명 옷감이 바늘 뒤로 밀려난다

더 나은 세상을 입에 달고 살던
큰아들 소리 없이 사라져도
뜰채에 채인 어미가
산 채로 껍질이 벗겨져도

콧잔등이 유리창에 부딪치면
돌아서서 다시 꿰매고

콧잔등이 유리창에 부딪치면
돌아서서 다시 꿰매는
물 재봉사 일가족
앞으로 나아가는 것 같지만
돌아보면 언제나 같은 자리

나는 수시로 콧잔등이 맵다
멀건 삶의 벽에 부딪쳐서

찌릿찌릿 전파사

언니들의 이름이 사라졌다
명자 미자 숙자 정자
한 시대를 대표하던
영수 철수 영식 경식
오빠들의 이름도 사라졌다
메리 워리 쫑 도꾸가 사라지고
해피 뽀삐가 방 안으로 들어왔다

오늘은 동네 입구의 전파사가 사라졌다
밤늦은 귀갓길 골목 어귀에 서서
삐딱하게 추파를 던지던

플러그 하나 받은 적 없지만
찌릿찌릿 전기가 통하던
알전구 하나 산 적 없지만
보는 것만으로도 기억의 다락방에
환하게 불이 켜지던

누군지 모르지만
이름을 지은 그 사람을 꼭 한번

만나 보고 싶었던
찌릿찌릿 전파사

찌릿찌릿 전파사가 사라진 후
추억의 좌심실 퓨즈가 끊어졌다
민족중흥의 역사적 사명을 띠고 이 땅에 태어난
한 시대가 마감되었다.

술래의 집

무궁화꽃이 피었습니다

멀찌감치 나를 떼어 놓고
눈 감은 당신 입술에
무궁화 핍니다
꽃 지기 전에
어서 다가오라고
피는 무궁화
무궁합니다

무궁화꽃이 피었습니다

눈 감고 고개 돌린 당신
당신 향한 채
붙박이로 서 있는 나
팽팽한 그 거리에
지는 무궁화
무궁합니다

핀 자리 진 자리 어지러운

술래의 집은
간절히 들키고 싶은
말의 자리

수시로 발목을 현상하며 다가가지만
도무지 인화되지 않는
시詩의 필름입니다

칼 가는 남자

그는 수시로 칼을 갈았다
세 개의 숫돌을 바꿔 가며 날을 세웠다
숫돌이 바뀔 때마다
먹장구름 같은 칼의 몸이
숫돌 위에 흥건했다
몸을 얻기 위해
기꺼이 몸을 버린 칼
시퍼렇게 눈을 떴다

그는 언제나 넘치거나 모자랐다
넘치면 넘치는 대로
모자라면 모자라는 대로
모든 것의 기준이었다

마지막 숫돌에서 놓여난 칼과
그는 예각으로
직각으로 눈을 맞춘다
정교하게 그의 시선을 베는 날
칼날 위로 신문지가 지나가자
큰빛이끼벌레가 토막 나고

분절된 자모음이 흩어졌다

신문지가 예리한 칼날을 온몸으로 머금듯이
그는 칼을 갈면서 날을 머금었다
어느 것도 베지 않았지만
그는 수시로 칼을 갈았다
그리고 날이 섰다

용도를 알 수 없는 칼 하나가
칼을 갈고 있다

신새타령

새가 날아든다
왼갖 잡새가 날아든다
하늘의 제왕 독수리 부부 금슬 기러기
뒤뚱뒤뚱 황제펭귄 눈 깜짝할 새 날아든다

사커맘의 깃털에 날개를 묻고
열풍 따라 떠난 아기 새
그리워 놀이터에 모인 새
재개발 아파트 터줏대감 참새
촉새처럼 날아든다

술과 외로움에 화답하며
선뜻선뜻 날아들고
분위기와 텃세에 취하여
생긋 생긋이 날아든다

쓰레기통을 모이통처럼 둘러싸고
흰 연기 도넛 어둠 속에 띄우며
북극의 눈보라를
퇴화되어 가는 발톱을

대양을 건너가는 비행편대를
보는 둥 마는 둥
발기하는 부의 페니스 타워팰리스를
망연히 바라본다

새가 될 줄 몰랐지만 새가 되어 버린 왼갖 잡새들
금연 구역에서 밀려나 금연을 줄담배처럼 달고
어둠 왁자한 놀이터에 비칠비칠 날아든다

그래도 사과

마음만 먹으면 먹을 수 있는 사과가 생겼다
생각만으로도 입안 가득 침이 고이는.

사과 하나를 앞에 두고
고민이 덤으로 생겼다
제 살의 반의 반쪽을 먹은 나를
응급실에 보내 버린 적 있는.

생각해 보면
언제나 사과가 문제였다
파리스가 아프로디테에게 사과를 주지 않았다면
이브가 사과를 욕심내지 않았다면
사과나무 그늘 아래 누운 뉴턴에게
사과가 떨어지지 않았다면
스티브가 변종 비트사과를 만들지 않았다면?

언제나 사과가 문제였다

사과도 없이 사과는
제멋대로 끝이고 시작이었다

내가 이 사과 한 알을 먹으면
저 갈증의 광장에 사과즙 같은 진정이 흐르고
내가 이 사과 한 알을 먹으면
한국문학사 아니 세계문학사를 새로 쓸지도 몰라
그래 봤자 사관데 째려보다가도
그래도 사관데
다시 보는 사과

수상한 폭포

맨 처음 당신이 내게
폭포를 보여 주었을 때
나는 절벽만을 보았어요

절벽이란
수직 하모니를 꿈꾸는
고독의 직립

자라나는 넝쿨손을 감추고
자주 찾아갔지만
머물기엔 서늘한 당신의 절벽에서
투신하는 물의
푸른 발목을 보았어요

폭포란
절벽의 가파른 입술을
혀가 온몸인 물이
핥고 가는 짧은 입맞춤

절룩이는 생의

멍든 발목을
쓰다듬는 당신

그 여름 장마 뒤의 폭포처럼
우리는 만났지만
정말
우리는 만났을까요?

매화오귀梅花五貴

찬비가 꽃 모가지를 꺾으랴마는
찬비가 살을 저미랴마는
고매古梅 찾아가는 먼 길
젖어 어둡네

청나라 사람 궁몽인은
어린 몸보다 늙은 몸에 피는(貴老不貴嫩)
활짝 핀 꽃보다 꽃망울을 머금은(貴含不貴開)
번잡하게 피는 꽃보다 성글게 피는(貴希不貴繁)
살진 가지보다 여윈 가지에 피는(貴瘦不貴肥)
매화를
귀하게 여겼다는데
이를 매화사귀梅花四貴라 일렀다는데

비에 젖은 산청의 매화 세 자매
수백 년을 살았네
참숯 닮은 가지에
봄의 보조개 삼월의 눈웃음
다문다문 벙글어
궁몽인의 매화사귀 하나도 어기지 않았네

>

한평생 추워도 향기를 팔지 않는다는
매화나무 아래 서성이네

매화의 날숨을 기다려 들숨을 쉬면
기억의 실핏줄을 흐르는 가늘디가는 향기
명주실 같은 이 향기
궁몽인의 묵향인가
어느 생에선가 단 한 번
얼굴을 묻었던
그대 목덜미의 살 내음인가

몇 겁의 생을 건너온 당신은
별 아래 매화보다
우중雨中의 매화를 귀히 여기라 하네
화급을 다투어 귀우불귀양貴雨不貴陽을 받아 적었으나
살얼음 낀 영혼의 메스 같은 그대를 놓칠세라
나는 기어코 매화의
꽃 모가지를 비틀고야 말았네

어긋난 인연은 죄로 향기로워야 하는가

>

기다리는 일마저도 잊은 내게

한순간도 쉬지 않고 오고 있었던 그대

생명선에 스민 시린 숨결로 훗날을 도모하라

젖은 매화나무 아래서 나는 초조하게 죄를 지을게

제2부

상강

서리가
겨울로 가는 지름길을 냈다

여왕벌은 수벌들을 모두 물리고
나무둥치의 썩은 품으로 파고든다

죽지 않기 위해서일까
죽어도 좋다고
겨우내
타이르기 위해서일까

날을 세워 달려들 눈보라를
견디는 시간

외로움의 관절
하얗게
삐걱이겠다

사각死角의 적

아프가니스탄에 큰 모래바람이 일었다
아침 식탁에 앉은 우리는 연일 모래알을 씹었다
나라에 큰 빚이 있었고 나는
매일 이력서를 썼다
지방검찰청을 수시로 드나들던 남편은
집행유예를 선고받았고
온라인 게임 시장에서 혈맹을 조직한
아들은 무기를 사 모았다
아무런 지령도 받지 못한 채
방치된 딸에게
나는 낳아 준 적 없는
성씨가 다른 오빠들이 수시로 교신했다

모든 교차로의 밤을
바이더웨이가 빛으로 점령했을 때
깊은 밤 돌아온 우리는
텔레비전 앞에
모니터 앞에
플레이스테이션 앞에
핸드폰 앞에

>

배후를 알 수 없는

저 친교의 테러 앞에 읍한다

생각하다 말고

맥락 없는 화장은 골똘하다

먼지 앉은 화장대 앞에 앉아
나이를 빼 드려요(de-age) 스킨로션을
시간아 멈추어라(time-stay) 에센스를
세포 재생(cell-repair) 크림을
맥락 없이 처바르다 말고
생각한다
생식기도 성기도 아닌
비뇨기만 남았다던 어느 시인의
뒤늦은 자백을

생각하다 말고

생각한다
맥락 없이.
시간과의 전쟁에서 살아남은
화려한 패잔병
달팡 가네보 에스티 로더
게릴라처럼 쳐들어온 명품 브랜드 앞에

주름도 없고 표정도 없이 화장만 남은
소비의 아름다운 중독자

생각하다 말고

디뎌 보지도 못한 세계시장이
각축전을 벌이는 얼굴에
화장을 하자
명품 표정이 출시될 때까지
비늬기만 남은 시인이 발기할 때까지

베드 타임 스토리

물속에 잠든 산이 고요하다

떡밥을 풀어 고수레를 하고
바늘에 꿰인 구더기를 던진다

산등성이에서 곤히 자던 별들이 진저리를 친다

산을 흔들며 다가온 꿈들
입질만 하다 돌아가고
소스라쳐 낚아챈
낚싯대에 물비늘만 파닥인다

고기는 온다고
자넘이 참붕어가
퍼덕이며 온다고
물속으로
산속으로
미끼를 던지지만
돌아온 바늘 끝에는
꿈의 살점이 묻어 있을 뿐

>

새벽이슬에 젖은 별들이
야광찌를 물고
하나둘 날아오를 때까지
환한 잠

물 위에 떠 있는
이지러진 이마 위로
매듭 풀린 바람의 싸늘한 손이 얹히면
부르튼 입술은
또 하루를 입질한다

장송곡

지빠귀 둥지에 뻐꾸기가 알을 낳았다
알을 까고 나온 뻐꾸기 새끼가
털도 없는 뻐꾸기 새끼가
눈도 못 뜨는 그 새끼가
지빠귀 알을 모조리
둥지 밖으로 밀어 떨어뜨리는 걸 보았다

뻐꾸기 우는 철도 아닌데
뻐꾸기 운다
아들이 두고 나간 핸드폰 속에서.

괘씸한 뻐꾸기 쫓으려다
잘못 누른 단축 번호
1번 김 팀장
2번 안 사장
뒤따라 나오는 전화번호가 남의 번호 같다

어미도 밀어 떨어뜨리고
아비도 밀어 떨어뜨리고
용돈 주는 팀장

결재하는 사장만 남은
자본주의의 가지 끝
위태로운 둥지에서 뻐꾸기 운다

초록에 겨운 지빠귀가
알을 품지 않을까 봐
뻐꾸기는 운다고
울어야 한다고
어느 시인은 말했지만
아니다, 아니다
가족의 둥지에서 밀어 떨어뜨린
어미 아비를 조문하기 위해
뻐꾸기는 운다

고비의 탱고

1

고비에서 따스한 손길을 기다리는 건
천한 취향에 지나지 않았다

식혜 밥알처럼 뜬 별들과 멀리서 나는 반딧불이의 체온에 기대는 날 많았다 온기 결핍증은 나의 지병. 방석만 한 전기장판을 진통제로 상용했지만 가슴 언저리에 살얼음이 끼던 날이 적지 않았다

따스함이여,
낯선 이에게서나 만져지는 친절의 온도여

2

고비는 넘겼다고 믿었지만
고비의 포자는 어디에나 번졌어

홑겹의 실크 드레스로 소름을 감추고
새빨간 스틸레토 힐을 신고
자정 근처 고비로 가네

연인은 사양하면서도
선선히 가슴을 내주는 낯선 사내

그의 목에 뱀 같은 팔을 감고
두근거리는 발목

반도네온의 심장을 딛고
바이올린의 선율을 따라
어디까지 왔을까
뜨거워진 몸
하얗게 빈 머릿속

문득 시계는 자고
엄마도 아내도 여자도 사라진
깜깜한 공중의 한가운데
불꽃처럼 펄럭이는 심장

다만 친절을 쬐러 갔다가
영혼의 잉걸불과
잃었던 표정 하나를 되찾아
돌아오곤 하는
고비의 탱고

고비는 시작인가 끝인가

사족

레코드판의 노랫말이 사라졌다

다가설 수 없는 사랑을 노래하며
절정으로 치닫던 사랑의 함구

소리골을 맴돌던 그 말은 어디로 갔을까
모든 말의 완성은
침묵이라는 듯
마지막 트랙을 넘을 때까지
빈 어깨만 출렁인다

바람도 몸 움츠리고 드나드는
먼지 낀 방충망을 움켜쥐고
조용하던 참매미 한 마리
울대가 터져라 자지러진다

자폭하고 말겠다고 협박하는
자해 공갈범 같다

그대여,

금이 간 레코드판의 끝없는 웅웅거림
헛물만 켜는 매미의 무한 동어반복
그것이 내 사랑이다

정부情夫들

『사랑의 기술』 한 체위 배워 보려고
급한 대로 소파에 누워 동침했던
사내에게 농락당했다

『모국어의 속살』을 사랑한 사내가 있어
그가 헤집어 놓은 속살을 애무하며
밤낮으로 몸이 달았다

그러나 『사랑은 지독한 그러나 너무나 정상적인 혼란』이라고
위로해 주는 사내도 있었다

뭇 사내들의 장작 같은 허벅지 더듬으며
현란한 혀가 흘려 놓은
페로몬의 행간을 따라
밤 마실 가는 일 잦았다
어떤 날은 씹히지 않는 생각을
되새김질하면서 아침을 맞았다

언제부터였나
말씀이 멀고

공허가 어깨 위에서 뻐근한데
보인다!

글자들이 교묘히 비껴간 자리에
뼈도 없고 머리도 꼬리도 알 수 없는
구더기 떼
어지러워라!
욕망이 기어 다닌 몸 자국들

어째서

발등은 꼭 믿는 도끼에 찍히는 걸까?

어째서
신용카드 결제액은 늘 월급보다 많은 거지?

어째서
평생을 워킹푸어로 살아도
재물은 늘 손금에만 있는 거지?

김밥천국 알바천국
게임천국 비디오천국
죽어야 간다는 천국은
어째서
지척에 널려 있는 걸까

어째서
죽음은 죽지 않고
사랑은 사랑을 하지 않는 거지?

기대도 없으면서

포기조차 못 하고
어째서 나는
폐족 같은 사랑을
호명하는 걸까

장미의 누설

비밀은 비밀이 되는 순간 누설을 꿈꾼다

향기를 입고 홀로 눈뜨는 마릴린 먼로*
가시마다 어둠의 살을 묻히고
몇 잎 성긴 얼굴이 시리다

저 장미
두 발 가진 짐승의 생을 살았을 적에
당신을 공전하느라
발바닥이
무릎이
다 닳았다

저 장미
맨살로 기는 짐승의 몸으로 산 적 있다
모래의 촉수에 살이 쓸릴 때
목표는 오직 하나
더 이상 몸을 입지 않는 것

저 장미

생을 거듭해도
감정의 피임에 실패한 사랑
결박당한 자와 떠도는 자의 운명을 한 몸에 지녔다

날숨을 쉬면 희박해지는 정체성,
향기의 근육을 휘발시키며 기꺼이
계절 밖을 핀다

실패를 누설한다

* 마릴린 먼로: 흰 장미의 한 종류.

올가미

철봉 그림자에
한 무더기 소국이 매달렸다
달아나는 햇빛 속으로
밀어 올린 모가지가
간절해서
가늘다

나도 저렇게 매달린 적 있다
철봉 위에 간신히 턱을 걸치고
어금니를 악물었다
얼굴은 달아오르고
철봉은 점점 목을 조여 오고
관자놀이에 터질 듯 핏줄은 불거지고

목은 점점 가늘어졌다

대학에 가기 위해
자격증을 따기 위해
아이를 유치원에 보내기 위해

>

커트라인으로 변신한

철봉 너머

한 줄기 빛은 나의 신앙

맹목이 나를 대신 살았다

싱싱한 빛의 거주지에 모가지를 밀어 넣으면

꽃은 생각해야 한다

자기의 목을 조르는 것이

철봉인지 신앙인지

처방전

그녀는 평화 사러 간다
방패를 들고 아들이
촛불을 들고 딸이
광장에서 대치하는 날

신평화 청평화 동평화 남평화 제일평화
각종 네온이 평화를 덤핑 치고 있다

청계고가 맨션이 철거되자 노숙자가 된 외다리 비둘기 아스팔트를 쪼며 농성하고 있는 평화시장 대절 버스가 바리케이드를 치고 있는 신평화시장 짝퉁 스키니진 허벅지를 흥정하는 청평화시장 질 좋은 평화가 있을 것만 같은 제일평화시장 평화를 찾아 매캐한 미로를 헤쳐 나오면 검은 비닐봉지 몇 개 생의 물집처럼 부풀었다

즐비한 평화를 굽어보던
이화대학병원은 사라졌지만
평화를 찾는 이들에게 필요한 건 만 가지 약
남북의료기상사 뒤로 약국 도매상들이 즐비하다

>

평화를 찾아왔다가 물집만 키운 그녀
오늘은 단 한 줄 자가 진단 처방전을 쓴다
다시는 평화를 원치 않아도 좋을
독하고 쓴 약 처방한다

평화시장에 평화는 없다

매 맞는 여자

스쿼시
감옥의 죄수들이 하던 운동이라고 했다

뛰쳐나가고 싶어 때리고
주저앉을 수밖에 없어 또 때렸을까

말캉한 고무공 하나와 라켓을 들고
스스로 걸어 들어가 수인이 된다

라켓을 휘두를 때마다
네 개의 벽면은 순식간에 안면을 바꾸었고
백핸드 백핸드 스매싱
노란 점박이 공은 잽싸게 되받아치며
팔다리를 비웃었다

수천 아니 수만 번을 때렸다
투명한 벽은 매번 거기 있다는 것을
쾌속으로 확인해 주었다

샤워하고 나와 거울 보고 놀랐다

오른쪽 젖이 사라진 자리에
건포도 하나를 붙인 수인囚人이
조선무와 왜무로 서 있다

공과 라켓에 몸을 맡기고
안면 몰수와 비웃음의 채찍 흠씬 맞아 편편해진
현대판 아마조네스
공격할 적이라곤 자기 몸밖에 없는
당신은 누구십니까?

고추가 매운 이유

키 높이 장독대에서 고추를 말리다
딴 세상 밟으신 어머니

미역 다발을 이고
광장시장 중부시장을 누비던
시큰거리는 발목
그렇게 허방 딛고 가신 뒤
커다란 고추 자루 하나
저승의 수하물처럼 남았습니다

겨우내 베란다에 처박아 두었던
해묵은 고추의 꼭지를 땁니다

만지면 부서지는 붉은 살점들
수습할 길 없었던 어머니의 뇌처럼
차가운 타일 위에 흩어집니다

가난의 사리 같은 금빛 고추씨들 모종 내어
주말농장 텃밭에 심습니다
멸칭을 해도 늘 웃자라는 잡초 틈에서

고추 모는 자라고
엄마의 볼우물이 하얗게 피었던 자리
따끔따끔 고추가 달립니다
매웠던 어머니의 하루하루가
칼칼하게 여물어 갑니다

반칙

타이트스커트 입고
하이힐 신고 링에 오른다
펀치는 풋워크로 만들어진다고
잰걸음으로 빈틈을 감추고
눈웃음의 잽 수시로 날린다

방어 자세를 취하는 건 세상 사는 전술
적은 언제나 주먹 밖에 있다
다짐하며 돌아온 저녁
현관문 앞에 놓인 택배 상자 하나
도전장 붙여 보내온 링 같다

안전거리 유지하며
봉함 테이프를 뜯어내는 찰나
용수철처럼 튀어나오는 향기의 주먹들
무방비의 가슴에 마구 꽂히는
잽 잽 원투 스트레이트

다발 지어 묶고
휴지에 물 먹여 싸고

은박지로 다시 감아
수건으로 친친 동여맨
노란 가을 한 상자
급소를 겨냥하고
고속으로 날아온
뭉클한 펀치

녹다운되어
나는 아직 듣는다
끝나지 않는 카운트다운

연민

1

신혼방은 코딱지만 했다

싸움 끝에 이불자락을 붙잡고 홱

돌아눕던 남편의 코피가 터졌다

코가 누울 자리가 없었으니까

2

생텍쥐페리는 피부병이 심한 거지를 치료해 주었다

병이 나은 거지는 돌아서자마자 제 얼굴과 몸에 해코지를 해댔다

말끔한 거지에겐 누구도 적선을 안 하니까

3

누가 낳아 달랬냐고

나는 엄마처럼 안 살 거야!

미역 다발을 이고 날 노려보던 엄마를

오늘 아침 거울 속에서 보았다

나보다 젊은 엄마의 눈이 아직도 젖어 있었다

감기感氣

생강나무 가지 끝에 노란 솜털이 떤다

서어나무 가지에 푸른 소름이 돋았다

아른거리는 아지랑이

이마에 남은 미열이었나

겨울이 흰 복면을 벗는다

오한이 잦아들었는가

맑은 콧물을 흘리는 도랑에서

갈색 외투의 개구리

기침

기침

그는 내게 원하는 것이 있다

수시로 모래바람 일고
움츠려 견뎌야 하는 터전에서
나가고 싶다는 것

갈비뼈를 뽀개고라도
내장을 다 쏟아 내고라도
나를 통과하고 싶다는 것

그리하여 나의 바깥
어딘가로 가겠다는 것
가고야 말겠다는 것
그건 명백하다

그러나 나는 모르겠다
성난 짐승처럼 달려들었다가
폭죽처럼 터지면서
태풍의 속도로 나가려다가도
끝내 나가지 못하는 그것

스캐너

고층 아파트는 밤마다 알을 낳는다
터질 듯 욕망을 종량從量한 비닐 알들이
허옇게 쌓인다

비닐 알을 찢으며 뛰쳐나온
고양이 한 마리
파릇한 눈빛이
마른 기억을 스캐닝한다

지하철에서 핸드백을 가르던 사내의
면도날 같은 눈빛이
거리에서 사무실에서
수시로 마주쳤던 눈빛들이
익숙하게 뇌를 투과했다
하지만,
저것이 누구의 눈빛인지
도무지 알 수 없다

도둑고양이가 스캐닝하는
내 안의 짐승

피고

피해 갈 수 없는 고역이다

이름을 빌려주었더니
가해자가 되어 돌아왔다

이름이 한 일을
몸은 모르고
아무 짓도 하지 않아서
증명해야 할 것이 넘쳐 났다

내가 내가 아니라는 것을 증거하기 위해
준비 없는 준비서면을 썼다
쓰면서 나는
쓰게 하는 나를
쓰는 나를
부정하고 부정했다
그러므로
나는 내가 아니다

그런데 살면서 내가 나를 인정해 준 적이

단 한 번이라도 있기는 있었던가

원고의 청구를 모두 기각한다
소송비용은 원고가 부담한다

판결을 들으면서
피고인지 원고인지 헷갈려 사건 파일을 뒤적이는 나는
이 판결의 피고일까 원고일까

약식 회고록

열둘
쌀을 씻기 시작했다
물과 함께 쌀이 떠내려갔다
엄마의 뜨거운 손이 등에 들러붙었다

스물둘
서울에서 가장 멀리 가는 밤 기차를 탔다
가진 건 금반지 하나와 빈 양은 도시락뿐
신문지를 재단해 호떡집 봉투를 붙였다

날마다 정치면에 실리던 대통령 얼굴
내 입에 풀칠하기 위해
그 얼굴에 날마다 풀칠을 했다

스물일곱
족두리 위로 최루탄이 날고 연지 곤지가 얼룩졌다
청상의 시어머니가 던진 밤에 맞아 이마에 멍이 들었다
명륜당 은행나무가 던져 주는 옐로카드를 여러 장 받았다

삼십 대

가슴으로 뛰어든 비단잉어와
아버지가 따 준 홍시를 들여다보느라
강산이 변했다

사십 대
아프면서 자란다는 유년기를 지나
아픈 만큼 성숙해진다는 청년기를 지나
아프면서 시들었다

오십 대
9센티미터 힐을 신었다
날마다 파티가 열리는 다른 세상이 보였다
늦게 배운 도둑질에 세월 가는 줄 몰랐다

단지를 추억함

밤 비행기를 타고 과거로 날아갔었어
옛 도시의 뒷골목에서 단지를 하나 주웠지
밤을 향해 커다랗게 입 벌린 단지
손 넣어 더듬어도
만져지지 않는 어둠으로 불룩하게 배부른 단지였지

파랗게 눈뜨는 지중해의 새벽을
부릅뜬 메두사의 두 눈을 담았지만
여전히 캄캄한 단지
담는 것들을 모조리 삭여 버리는
단지의 어두운 허기를 아꼈단다

지상에서의 마지막 하루인 양
여름의 풀밭을 울던 여치처럼
어둠을 게워 내던 단지
그래도 여전히 배부른 단지
매끈한 배 둘레를 맴돌았지

자주 편서풍이 불고 유난히 비가 잦았던 그해
지하철이 물에 잠기고 우면산憂面山이 거실에 들어앉은

날도 있었단다

그런 날은 전력을 다해 동으로 달아났어

하지만 서녘이 우리보다 먼저 도착해

한껏 풀린 가슴으로 어스름 살을 섞어 왔지

어두울수록 환하게 빛나던 단지

만질수록 허기지는 애물단지

젖어도 젖지 않는 요술 단지였지

언제부턴가

시간의 고운 뼛가루가 반짝이기 시작한

보물단지

주민센터 요가 교실

회음부 가까이 발을 끌어당기세요
천천히 상체를 숙입니다
허리를 곧게 펴시고 괄약근을 조이세요
뒷다리가 당깁니다

번데기의 굽은 등에서 나비들이 날아오르려 하는 순간
신음과 비명이 난무하는 주민센터 요가 교실
요가 선생은 몸에 오는 자극을 똑바로 바라보라고 주문한다

몸 한가운데 암전막을 친 영감의 수족이 되어 사는 동안
자신의 통증에는 늘 이방인이었던 전주댁
치매까지 겹친 영감을 요양원에 보내고
재활원 가듯 찾아온 요가 교실
옹이박이 같은 관절의 통증과 비로소 마주한다
괄약근에 힘을 주다 방귀가 새어 나와도
이젠 아무도 웃지 않는다

편안하게 누우세요
두 발을 어깨 넓이 만큼 벌리시고 손은 천장을 향합니다
온몸의 힘을 빼시고 잠시 휴식합니다

강사의 말 떨어지기가 무섭게 코 고는 소리가
빈야사 음악에 박자를 맞춘다

그녀의 깊은 잠 속에 잠깐 따라갔다가는
언제나 먼저 나와서 그녀를 깨우는 내게
무덤 속에서 따라 나온 목소리로 그녀는 늘 말한다
나는 이 송장 자세가 젤로 편타니께

해 설

수심을 헤아릴 길 없는 내 안으로 그대 속으로

유성호(문학평론가, 한양대학교 국문과 교수)

1. 삶의 기록이자 존재론적 표지로서의 첫 시집

김민서 시인의 첫 시집 『내 안으로 그대 속으로』(천년의시작, 2021)는, 자신만의 고유한 기억 속에서 농울 치는 빛나는 순간들을 개성적 발화 형식으로 드러낸 고백의 기록이다. 이때 '고백'이란 단순한 자기 표명의 차원이 아니라 서정시를 통해 자신의 삶을 회상하고 재구성하면서 새로운 지표를 암시하려는 실존적 의지와 관련되는 것이다. 시인은 낱낱 사물이나 순간이 품은 내적 심도를 차분하고도 정성스럽게 관찰하면서 그것을 자신의 삶으로 비유해 가는 과정에서 애틋한 그리움과 열렬한 사랑의 마음을 순도 높게 드러내 보여 준다. 그 점에서 김민서 시의 상상력은 기억의 투명함과

진정성 그리고 서정적 충일함의 고전적 면모에 수원水源을 대고 있다고 할 수 있을 것이다. 그와 더불어 그녀는 지나간 시간 속에 우리가 잃어버린 낭만적 꿈이 다시 생성되어 가는 상상적 과정도 침착하게 각인해 간다. 서정의 원형이랄 수 있는 기억의 원리에 의해 존재론적 동일성을 탐구하면서도 자기 자신을 한껏 가능하게 해 준 타자들을 한자리에 불러 모아 스스로의 시간 경험을 가장 원초적인 형식으로 복원해 가는 것이다. 이번 첫 시집은 이러한 삶의 기록이자 새로운 기억의 깊이를 위한 존재론적 표지標識를 구축한 심미적 결실로 다가오고 있다. 이제 그 절절한 언어의 세계 안으로 들어가 보도록 하자.

2. 선연한 이미지의 순간들

먼저 우리는 김민서 시의 필치가 구현해 가는 서정적 순간을 만나 볼 수 있다. 이때 그녀의 시는 감각과 사유의 새로운 갱신을 통해, 우리가 근원에서부터 망각하고 살아온 어떤 순간의 광휘를 서늘하게 선사해 준다. 물론 이러한 감각적 역할로만 그녀의 시를 모두 설명할 수 있는 것은 아니다. 그런 오롯한 면모 외에도, 김민서 시학은 다양하고도 오랜 언어적 갈래를 지니고 있기 때문이다. 하지만 이러한 감각과 사유의 선명한 부조浮彫 과정은 더없이 강조되어야 하는데, 이러한 속성이 우리로 하여금 가장 근원적이고 궁극적인 관심으로 향하게끔 해 주기 때문이다. 결국 우리는 이러한 작법과 함께 어떤 근원적 차원으로 흘러가면서 우리의 감각과 상상력을 거기에 비끄러매어 역설적인 언어의 길을 걷게 되는 것이다. 김민서 시인은 서정시의 육체 안에서 그러한 순간을 그려 냄으로써 청신한 감각과 단단한 언어를 결속한 순간을 아름답게 창출해 낸다.

서리가
겨울로 가는 지름길을 냈다

여왕벌은 수벌들을 모두 물리고
나무둥치의 썩은 품으로 파고든다

죽지 않기 위해서일까
죽어도 좋다고
겨우내
타이르기 위해서일까

날을 세워 달려들 눈보라를
견디는 시간

외로움의 관절
하얗게
삐걱이겠다

—「상강」 전문

'상강霜降'은 쾌청한 날씨가 이어지지만 밤에는 기온이 낮아져 서리가 내리는 늦가을 절기를 말한다. 시인은 그 물리적 과정을 "서리가/ 겨울로 가는 지름길"을 내는 것이라고 표현한다. 여왕벌조차도 고목枯木의 품으로 몸을 숨기는 그 시간에, 시인은 날을 세워 달려들 눈보라를 견뎌야 할 순간을 스스로 예감하고 있다. 하얗게 삐걱이게 될 날들을 향해 흘러가는 자연의 흐름에 몸을 맡기면서도 그것을 견디고 넘어서려는 의지가 이 시편의 순연한 감각과 당당한 사유를 알려 준다. 이러한 감각과 사유야말로 "번데기의 굽은 등에서 나비들이 날아오르려 하는"(「주민센터 요가 교실」) 순간이나 "시간의 고운 뼛가루가 반짝이기 시작한"(「단지를 추억함」) 순간을 또렷하게 인화해 가는 김민서 시인의 역량을 보여 주는 사례라고 할 수 있을 것이다. 다음은 어떠한가.

멀리 우렛소리 들린다

날 선 장검을 휘둘러

어둠의 등뼈를 가르는 이

누구신가

휘번쩍

두터운 허공이 찢긴다

구름의 동맥 끊기고

때죽나무 흰 피 쏟는다

—「소나기」 전문

가짓빛 밤의 이마에 돋는 은 부메랑

캄캄한 살을 비집고 나온 어둠의 흰 뼈

푸른 하늘에 구름이 새겨 놓은 눈썹 문신

배고픈 젖먹이가 한 달 내내
잇몸으로 녹여 먹다 남은
쌀과자

사냥을 위해 고양이가
벗어 놓은 얇은 발톱

오늘은
마음의 모세혈관까지
언어의 피를 보냈나 묻는
오른쪽이 열린 물음표

—「그믐달」 전문

앞의 작품에서는 청각과 시각의 이미지를 통해 '소나기'

라는 자연 현상을 선명하게 재현해 놓았다. 멀리서 들려오는 "우렛소리"와 함께 "날 선 장검"으로 "어둠의 등뼈를 가르는" 초월적 순간은 천둥과 번개의 동시 작용을 통해 허공이 찢겨 나가는 장면을 포착한 것이다. "구름의 동맥"도 끊겨 나가고 그때 비로소 하늘로부터 내리는 소나기는 "때죽나무 흰 피"가 쏟아지는 풍경으로 몸을 바꾼다. 선명하고 인상적인 순간이 서정시의 육체를 입고 탄생한 것이다. 뒤의 작품은 '그믐달'의 형상을 여러 형상으로 비유해 간 결실이다. 가령 "가짓빛 밤의 이마에 돋는 은 부메랑"이라고 시작된 묘사의 세목들은 한결같이 그믐달의 외적 형상을 인생의 어떤 이법理法으로 치환해 가는 상상력을 잘 보여 준다. "캄캄한 살을 비집고 나온 어둠의 흰 뼈"나 "푸른 하늘에 구름이 새겨 놓은 눈썹 문신"도 마찬가지이다. 이러한 병치은유(diaphor)의 기법 속에서 '그믐달'은 한없이 이어져 가는 상상의 연쇄를 동반하게 된다. 마침내 시인은 상상력의 굴절을 가속화하여 "배고픈 젖먹이가 한 달 내내/ 잇몸으로 녹여 먹다 남은/ 쌀과자"나 "사냥을 위해 고양이가/ 벗어 놓은 얇은 발톱"으로 그 영역을 확장해 간다. "마음의 모세혈관까지/ 언어의 피를 보냈나 묻는/ 오른쪽이 열린 물음표"라는 궁극의 질문이야말로 이 작품의 백미라 할 수 있을 것이다. 결국 시인은 '소나기'와 '그믐달'의 감각적 재현 과정을 통해 "도무지 인화되지 않는/ 시詩의 필름"(「술래의 집」) 안에 자연 사물의 외관과 생리와 속성을 선연하게 담아낸 것이다.

이처럼 김민서의 시는 사물의 모습을 생생하게 환기하면

서 그 사물들이 지닌 질감을 구체적으로 나타내고 있다. 나아가 그것들이 지닌 이미지의 연관들을 풍부하게 구현함으로써 감각적 구체성과 함께 사물의 모습을 최대한으로 암시해 간다. 이러한 결과는 그녀의 시로 하여금 일상의 풍경에 보편적이고 추상적인 성격을 부여하게끔 하면서 세련된 이미지의 세밀화 과정을 거쳐가게끔 해 준다. 그 점에서 그녀의 시는 구체적 언어로써 특유의 이미지들을 생성해 간 미학적 사례로 남을 것이다.

3. 사랑과 그리움의 언어

두루 알려져 있듯이, 한 편의 서정시에는 시인 스스로 겪어 온 절실한 경험과 기억은 물론, 시적 대상을 향한 한없는 사랑과 그리움이 압축되어 담겨 있게 마련이다. 이를 두고 우리는 서정시의 대화 지향성이라고 해도 좋을 것이다. 말하자면 이는 2인칭에 자신의 마음을 이입함으로써 독자들로 하여금 간절한 자신의 마음을 반추하게끔 하기도 하고 새로운 사랑의 차원을 간접적으로 경험하게끔 해 주기도 하는 것이다. 이때 서정시는 시인과 독자 사이의 경험적 소통을 전제로 한 특수한 담화 양식으로서 2인칭에 대한 시인의 마음을 드러내는 쪽으로 나아간다. 일찍이 마르틴 부버 Martin Buber는 『나와 너』라는 저서에서 관계론적 근원의 언어를 두 가지로 설명한 바 있는데, 그 하나가 '나-너'(Ich-

Du)라면 다른 하나는 '나-그것'(Ich-Es)이었다. 이때 '나-너'의 관계는 존재 전체를 바쳐서만 이르게 될 수 있다고 부버는 강조하였다. 나아가 그는 '나'라는 것이 '너'와의 관계 속에서만 존재 가능함을 설명하였다. 김민서의 시는 항상적으로 '나-너'의 결속 과정을 지향하면서 씌어진다. 그래서 우리는 김민서 시학을 떠받치는 기본축이 '나-너'가 이루는 상호 소통과 인생론적 긍정의 무게라고 말할 수 있는 것이다. 김민서 버전의 2인칭 시편을 한번 읽어 보자.

툇마루에 반쯤 읽던 책 그대롭니다.
지난여름엔 잠자리가 와서 이만 개의 눈동자로 더듬다 가고
대숲에 술렁이던 바람, 계절 두어 장 넘기고 갔습니다.

사물을 비추는 것이 거울이듯
책은 사람을 비추는 종이 거울
모든 책의 종착은 사람, 사람의 살아 있음
삶이었습니다.

툇마루에 반쯤 읽던 당신
그대롭니다.
목차도 쪽수도 없이
내용도 두께도 알 수 없는
누군가 침 발라 마구 넘기고
밑줄과 낙서로 어지러운

행간마다 머물러
몸을 꽂아 읽어도
도무지 해독할 수 없는
가장 적극적인 독법이
씩씩한 오독이 되는

모든 책이 거리로 나앉았을 때
집달리와 함께 와서
영혼을 긋고 간 당신

—「당신이라는 책」 전문

툇마루에 "반쯤 읽던 책"이 그대로 놓여 있는 풍경은 그 자체로 "당신이라는 책"이 존재의 충일과 결핍을 동시에 표상하고 있음을 넌지시 알려 준다. 때로는 잠자리가 더듬다가 버렸고 때로는 대숲에 술렁이던 바람이 넘기고 사라져 간 시간의 흐름이 그 안에 빼곡하게 담겨 있기 때문이다. 이때 '책'은 "사람을 비추는 종이 거울"로 다가온다. 그러니 시인은 "책의 종착"이야말로 어떤 사람의 살아 있음과 그의 삶을 바라보게 해 주는 거울임을 강조하면서, "목차도 쪽수도 없이/ 내용도 두께도 알 수 없는" 누군가를 읽고 있는 것이다. 그 과정은 "밑줄과 낙서로 어지러운/ 행간마다 머물러" 있는 '당신'을 발견하는 일이기도 하고, 숱한 '해독'의 순간이 필연적으로 '오독'으로 이어져 가고 마는 일이기도 하다. 그렇게 "영혼을 긋고 간 당신"은 시인의 삶에서 수없이 잃고 무너졌을 열망과 사랑을 부여하면서 이제 그리움의 잔상으로만 남았다. 그 그리움은 "오선지 밖에서 삶을 연주해야 하는 날들"(「첼로와 설렁탕」)을 "언어의 화석으로 남은 시 속에"(「슬픈 식욕」) 구축해 가는 그녀만의 안간힘이 아니었을까 생각해 본다. 이러한 안간힘은 다음 작품에서도 '시인 김민서'의 상像을 환하게 만들어 주고 있다.

비 온다
끊어질 듯 이어지고
잦아들다 격해지며

비 온다
오로지 한길로
오롯이 한마음으로

어느새 쇄골까지 차올라 넘실거리는
그리움의 벅찬 물살

철마다 장마 지고
철없이 범람하는 당신은
내 안에 가득 찬 외부

차라리
수장하라,

수문도 없이

도무지 수심을 헤아릴 길 없는

내 안으로

그대 속으로

—「장마」 전문

'장마'가 몰고 오는 리듬은 '당신/그대'라는 2인칭이 끊어질 듯 이어지고 잦아들다 격해지는 것처럼 재현된다. "오로지 한길로/ 오롯이 한마음으로" 지내 온 "그리움의 벅찬 물살"은 "철없이 범람하는 당신"을 "내 안에 가득 찬 외부"로 명명하게끔 해 준다. 시인은 그 외부의 '당신/그대'에게 차라리 자신을 수장해 달라고 요구한다. 수심(水深/愁心)을 헤아리기 어려운 그 공간은 어쩌면 "내 안"이기도 하고 "그대 속"이기도 할 것이다. 그렇게 '나=그대'를 등가적으로 오버랩하는 순간이야말로 "어디론가 스며야 할 마음들"(「반달의 시간」)이 결합하면서 "비로소 완성하는/ 결빙"(「자반고등어」)의 과정을 보여 준다. 이처럼 장마의 길고도 변화무쌍한 물리적 과정은, '당신이라는 책'처럼, "기억의 다락방에/ 환하게 불이 켜지던"(「찌릿찌릿 전파사」) 지난날의 열망과 상실감을 동시에 표상하고 있다 할 것이다. 애잔하고 아름답다.

'그리움'이란 대상을 향한 간절함이 시간의 풍화에 따라 천천히 지워져 가다가 문득 순간적 충일함으로 번져 가는 어떤 정서적 지향을 뜻한다. 그래서 그것은 2인칭의 부재 상황을 극복하려는 것이 아니라 그러한 상황을 실존적으로

승인하고 거기서 발생하는 깨끗한 슬픔을 넉넉하게 수용해 가는 과정을 받아들이게 된다. 김민서 시인은 이러한 그리움을 저류底流에 숨기면서 오랜 시간 함께 흘러온 '당신/그대'에 대한 애틋한 기억의 현상학을 남김없이 보여 주고 있다. 아니 지난날에 대한 그리움의 차원을 넘어 실존적 고독과 가없는 사랑의 시학으로 무게중심을 옮겨 가고 있다. 기억의 깊고 눈부신 한순간이 그렇게 현상하고 있는 것이다. 이렇게 누군가를 향한 집중된 마음을 표현한 그녀는, 서서히 자기 자신의 시간으로 회귀하는 성찰적 자의식으로 첨예하게 움직여 간다. 이때 그녀의 자의식을 구성하는 직접적 질료는 구체적 경험에 대한 선명한 기억이고 그 기억을 통한 자기 회귀의 의지일 것이다. 이러한 기억과 회귀의 의지는 과정적 존재자일 수밖에 없는 우리가 제한된 시간을 넘어 전혀 다른 생성적 시간을 상상하게끔 해 주는 그녀만의 방식일 것이다.

4. 궁극적 자기 귀환의 과정

서정시는 궁극적인 자기 귀환의 과정으로 착상되고 표현되는 양식이다. 그것은 서정시가 시인 스스로 자신의 삶을 탐색하고 성찰해 가는 이른바 자기 확인의 속성을 강하게 띠는 언어예술이기 때문이다. 산문 양식이 상대적으로 세계 인식의 성격을 깊이 가지고 있는 데 비하면 서정시가 가지는 이러한 자기 인식의 성격은 매우 각별한 것이 아닐 수 없다. 서정시의 근원적 창작 동기 역시 일종의 자기 인식 욕망에 있게 되며, 그만큼 시인은 서정시를 통해 자신의 삶을 탐색하고 성찰하는 일련의 지적, 정서적 과정을 스스로 겪어 가게 된다. 이때 시인이 견지하는 회귀와 성찰의 에너지는 자기 인식의 과제를 충실하게 수행하면서 새롭고 아름다운 존재론적 거처를 지향하게 된다.

어떤 이는 나를 보고 목련 같다 했다

어떤 이는 잠자리 날개 같다 했다

또 어떤 이는 나를 보고
배추 속잎 같다 했다

저 말의 울타리에 갇혀 살았다

—「울타리」 전문

김민서 시인은 자신이 살아온 시공간이 어쩌면 타자들의 목소리가 울리는 현장이 아니었을까 생각해 본다. 누군가가 흘낏 자신을 향해 던진 '목련/잠자리 날개/배추 속잎' 등등의 비유체들이 사실은 자신을 규율해 온 "말의 울타리"였고 자신은 그 안에 갇혀 살았음을 깨달아 가는 것이다. 이때 시인은 자신의 마음과 존재론을 온전하게 회복하는 일이

“모든 말의 완성”(「사족」)을 함의하게끔 해 주고, “영혼의 잉걸불과/ 잃었던 표정”(「고비의 탱고」)을 되찾게끔 해 줄 것이라고 믿는다. 이 세상에 편재해 있는 “질문들 사이에서”(「살구와 자두 사이」) 자신을 찾아가는 이러한 길은, 외부로부터 주어진 ‘말의 울타리’를 넘어 비로소 자기 자신에게 이르는 일일 것이다. 쉬운 일이 아니지만 이렇게 “말의 울타리”를 다시 올려 쌓음으로써 시인은 비로소 새로운 자신과 마주칠 것이다. 그리고 그때 마주하게 된 시인 자신의 모습은 다음의 살갑고도 진솔한 기록의 선연한 후화後話로 남게 될 것이다.

열둘
쌀을 씻기 시작했다
물과 함께 쌀이 떠내려갔다
엄마의 뜨거운 손이 등에 들러붙었다

스물둘
서울에서 가장 멀리 가는 밤 기차를 탔다
가진 건 금반지 하나와 빈 양은 도시락뿐
신문지를 재단해 호떡집 봉투를 붙였다

날마다 정치면에 실리던 대통령 얼굴
내 입에 풀칠하기 위해
그 얼굴에 날마다 풀칠을 했다

스물일곱
족두리 위로 최루탄이 날고 연지 곤지가 얼룩졌다
청상의 시어머니가 던진 밤에 맞아 이마에 멍이 들었다
명륜당 은행나무가 던져 주는 옐로카드를 여러 장 받았다

삼십 대
가슴으로 뛰어든 비단잉어와
아버지가 따 준 홍시를 들여다보느라
강산이 변했다

사십 대
아프면서 자란다는 유년기를 지나
아픈 만큼 성숙해진다는 청년기를 지나
아프면서 시들었다

오십 대
9센티미터 힐을 신었다
날마다 파티가 열리는 다른 세상이 보였다
늦게 배운 도둑질에 세월 가는 줄 몰랐다

—「약식 회고록」 전문

'약식 회고록'이라고 명명한 흐름 안에 '시인 김민서'의 뜨거운 자전自傳이 잘 녹아 있다. 그 자전적 기록은 '열둘-스물둘-스물일곱-삼십 대-사십 대-오십 대'로 성큼성큼 휜

칠하게 재현되어 간다. 가령 시인의 어린 시절은 "엄마의 뜨거운 손이 등에 들러"붙었던 기억으로 있고, 집으로부터 가장 멀리 원심력을 스스로에게 부과한 청년 시절은 시인의 가파른 지난날을 충실하게 암시해 준다. "금반지 하나와 빈 양은 도시락" 그리고 "입에 풀칠하기 위해/ 그 얼굴에 날마다 풀칠"을 한 시간들이 그 고된 나날을 투명하게 들려준다. 이어지는 '최루탄/멍/옐로카드'의 시간은 순조로운 삶을 유예시키거나 좌절시킨 기억으로 견고하게 자리를 잡는다. 그렇게 강산이 변하고 유년기도 청년기도 지나가면서 시인은 자신의 삶에 보편적 조건으로 가득했던 통증과 시듦의 기억을 되새겨 본다. 그러다가 "날마다 파티가 열리는 다른 세상"을 새삼 발견하면서 그러한 삶을 택하고 누리고 바라보는 순간을 "늦게 배운 도둑질"이라고 표현하고 있다. 산문적 번안(paraphrasing)을 뚜렷하게 허락하지는 않지만, 시인의 이러한 존재 증명에서 우리는 그녀가 노래했던 "폐족 같은 사랑"(「어째서」)이나 "고매古梅 찾아가는 먼 길"(「매화오귀梅花五貴」) 같은 존재론적 난경難境을 얼핏 바라보게 된다. 이 모든 것이 "고독의 직립"(「수상한 폭포」)을 스스로 수납해 간 과정에서 가능하지 않았을까 생각해 본다. 따라서 이 작품은 비록 '약식'이지만 그 안에 삶의 전체성이 녹아 있는 '자연인 김민서'의 고백록이라 할 것이다.

이처럼 김민서의 시는 자기 표현의 구심적 발화를 통해 1인칭의 자의식을 첨예하게 드러내 간다. 이때 시인의 자의식은 구체적 경험에 대한 기억으로 구성되고 있고, 그 경험과 기억을 표현하는 원리는 생을 순간적으로 파악하고 구성하는 감각과 사유에 있다. 이러한 감각과 사유가 다양한 문양으로 펼쳐지면서, 그녀의 기억은 한편으로는 자신의 오래된 기원을 유추하게끔 해 주는 형질로 기능하고, 한편으로는 잊힌 것들을 복원하면서 스스로의 호환할 수 없는 경험적 방법론으로 다가오기도 한다. 그 점에서 그녀는 남다른 자신만의 기억을 통해 자신의 삶을 가능케 했던 존재론적 기원을 탐색해 가는 시인이 아닐 수 없다. 요컨대 그녀의 시는 스스로 탐색하는 '기원(origin)'이 궁극적 위의威儀를 동반한다는 점을 잘 말해 준다. 그러한 열정이 매우 구체적인 이미지들을 통해 형성되고 펼쳐진다는 점에서 김민서의 시는 이채로운 성취에 값한다고 할 수 있을 것이다.

5. 성찰과 기억의 흐름 속에서

서정시는 보편적 삶의 이치에 대한 형상적 복원과 함께, 오랜 풍경과 장면에 대한 정밀한 묘사를 통해 존재의 기원이나 근원적 차원에 관하여 질문을 수행해 가는 데 그 본질적 의미가 있다. 더불어 한편으로는 언어를 다스리고 한편으로는 언어를 초월하려는 욕망을 가지는 것도 서정시의 고유 권역이라고 할 수 있을 것이다. 그렇게 서정시는 삶의 무수한 통증이나 상처에 대한 기억을 순간적 잔상殘像으로 점화함으로써, 그 안에 실존적 고통과 언어예술이 맺는 유추적 연관성을 보여 주는 첨예한 양식이다. 이때 시인은 자신의 기원과 함께 현재에 이르기까지 겪어 온 통증과 상처를 심미적으로 재구축함으로써 그것을 상상적으로 치유해 가는 실존적 제의祭儀를 치러 가게 된다. 그 치유의 과정을 아름답게 보여 준 김민서의 첫 시집에 우리도 자연스럽게 동참하게 된다.

말할 것도 없이, 김민서의 가장 중요한 원초적 지향은 시인 스스로 자신의 삶을 돌아보는 성찰과 기억의 과정에 있다고 할 수 있다. 이를 두고 자기 회귀적 나르시시즘이라고 부르는 이도 있을 것이다. 그러나 김민서 시인의 기억은 자기애自己愛를 근간으로 하면서도 스스로를 객관화하여 반성적 성찰을 동시에 수행하는 역동적 실천을 아우르고 있다. 그녀의 시는 일차적으로는 '시적인 것'을 통해 자신이 살아온 시간을 재현하고 있지만, 궁극적으로는 그 시간에 남다른 의미를 부여함으로써 자기 성찰의 과정을 완성해 가는 것이다. 그 재현과 성찰의 흐름이 남긴 예술적 무늬가 바로 시인의 직접적 생의 형식이면서 그녀가 써 온 서정시의 가장 중요한 내질內質이 되는 셈이다.

특별히 이번 첫 시집은 젊은 날의 한순간 한순간을 생의 뒤안길로 보내면서 지나온 시간을 응시하고 반추해 가는 입장에서 씌어진 결과이다. 물론 이러한 응시와 반추는 정직하고 진솔한 자기 표현을 통해서만 가능했을 것이다. 그만큼 김민서의 시는 성찰과 기억의 깊이를 통해 자기 표현의 진정성과 읽는 이들의 공감을 굳건하게 조우하게끔 해 준다. 우리가 느끼는 공감 영역 역시 이러한 성찰과 기억의 흐름 속에서 선명하게 찾아질 것이다. 그리고 이 모든 것은 궁극적으로 “수심을 헤아릴 길 없는/ 내 안으로/ 그대 속으로” 천천히 가닿게 될 것이다. 정말 오랜만에 세상에 나오는 김민서 시인의 첫 시집을 축하하면서, 이번 시집을 계기로 하여 더욱 넓고 심원한 차원으로 한 걸음씩 더 나아가기를 마음 깊이 희원해 본다.